Sarah Kirsch

Erlkönigs Tocht

H.-U. Palm Sommer '94 Braunschweig

Sarah Kirsch

Erlkönigs Tochter

Gedichte

Deutsche Verlags-Anstalt
Stuttgart

Aus dem Haiku-Gebiet

Das neue Jahr: Winde
Aus alten Zeiten
Machen mir Zahnweh.

*

Unter dem Himmel des
Neuen Jahrs gehen die
Alten Leute.

*

Wie der Schnee sie auch
Verklärt – meine Heimat
Sieht erbärmlich aus.

*

Den Mond über der Havel
Hatte Schalck wohl
Zurückgelassen.

*

Heul, sag ich, heul! Der Hund
Hilft mir das Jahr
Zu Ende zu bringen.

*

Normannenstraße: ich sehe
Den Leuten zu beim
Reinemachen fürs neue Jahr.

*

Das Jahr geht hin
Noch immer trage ich
Reisekleider.

1. 1. 1991

Winterfeld

Schneestürme Wolkenbrüche
Viel Niederschlag jetzt
Werwölfe fressen meinen
Durchlöcherten Schlaf letzte
Liebgehabte Farben ertränkt und
Zerrissen mein Ufer abstoßendes
Herz. Ausgesät hab ich

Zorn in recht feinen Samen
Vorher in Filzschafs
Pisse gebeizt gegen den
Einfluß des Krätzeplaneten
Zum Erbarmen wenig geeignet
So ich in der
Wildnis bin

Mauer

Bunt war sie hier Fenster und Türen
Aufmüpfige Leitern Ikarus-
Flügel schimärenhaft hingemalt an einer
Bestimmten Stelle auch ich nebst meinem
Unerschrockenen Kind wie wir eines Tages
Durch sie gekommen sind mit einem
Spielzeugkoffer woraus russische
Schwerter mongolische Kesselchen fielen
Einer Schreibmaschine die halbfertigen
Liebesgeschichten klemmten noch in der
Walze und ein paar freundliche
Karten von Elis und Franz er war es der mich
Noch zweimal besuchte vor er in Märkisch
Buchholz unter den Rasen geriet – ich schaute
Wohl nicht zurück übte weiter den
Kopf ordentlich schütteln sprang zu
Marina und Edith in den krachenden
Wagen unsere Schwestern gehen in
Bunten Kleidern zeigten mir einen
Papierweißen Garten zwischen Norden und
Nacht da lagen am Boden die
Königsmützen.

Café Majestic

Gott sei Dank daß Steine nur
Steine sind unter bedeutenden
Palmen habe ich mir die Füße blutig
Gelaufen dennoch war ich recht glücklich
Wenn mir Camelienblumen Mandarinen
Ein und die andere Zitrone Callafelder
Natürlich anheimgestellt wurden.
Traf manchen Entdecker Heinrich
Weltumsegler andere Hakennasen da an
Dunkele Möwen riskierten einen Blick
In winterlich klamme Betten die Häuschen
Kleine Pakete an den Hängen des Douro
Raschelten sachte vor Kälte
Denn aus dem Rauchfang
Steigen hier höchstens
Melancholische Lieder stolz auf.

O Porto! Oporto! Teresa brachte mich
Bis in den Beichtstuhl Vergebung
Sämtlicher Sünde ward mir zuteil
Sah meine Geliebten auf Karavellen
Über den Ozean gehn während ich
Einen alten Bacalhau seufzend ver-
Speiste und der Baum vor der Tür
Dem Baum vor der Tür glich. Wir fuhren
Die Avenida am Atlantik entlang
Der Electrico mahlte sich schleifend und
Kreischend wild um die Kurven
Nebel zog auf vor noch die Wäsche
Forever in den Häusern verschwand.

Wohin denn jetzt? Wenn die
Leuchtfeuer ausgelöscht sind?
Die Eroberer ziehen Zitronengesichter.

Ich meinerseits schreibe hier im Majestic
Marathon-Verse in Prosa: Ricardo Reis
Wurde 1887 in Oporto geboren jetzt
Lebt er als Monarchist in Brasilien.
Schreibt Oden: wie schnell nutzt sich die
Zeit ab? Ich finde mich in jeder
Azurblauen Pfütze und später
Verlasse ich Porto noch später
Mein Dorf schließlich das
Sonnensystem ein gelber
Geduldeter portugiesischer Hund. So
Sind wir beschaffen gerne versinken wir
Im eigenen Staub der wir sind. Noch spür ich
Meine mutigen Füße weil die
Steine wie Messer wirken Camelienblumen
Und Steine ins Gedächtnis gesunken.

Eisland

Eine weiße fädige Sonne erlischt
Auf den Schneewehen krächzt der
Dunkelheit Rune mit äußerstem Hohn.
Die Luft singt im Sturm
Grausige Lieder.

Unser Land ist vom Meer ganz um-
Kerkert Herzensbekümmernis steigt
Auf wenn das Licht drin versinkt.
Elegien schreiben Landes Dichter o
Sommer so kurz so betrunken und aus.

Springflut

Es riecht nach Tang Salz und Wahrheit
Der Himmel schreibt Abschiedsbriefe
Wiederholungen von etwas das sich nie
Bewahrheitet hat alte Fischer die jetzt
Die Muschelbänke abfischen
Haben Kraken und ängstliche
Haie im Netz das Licht
Versinkt hier von selbst und am Ziel
Springt der Löwe hervor.

Wintergarten I

Ich liege unter dem Eis ausgestreckt
In einer Haut durchsichtigen Lichts.
Die Fische stoßen das Eis an, die Sonne
Stehet darüber, ich fühle
Zaunkönigs spitze Gesänge. Länger
Herrscht schwarze polternde windige Nacht.
Dröhnen und Brechen von Eis. Schwer
Lastet das Meer auf mir und dem Land.

Wintergarten II

Wir haben hier inzwischen
Alle zu trinken angefangen.
Die Bäume und Hirsche auf den
Tapeten haben Sehnsucht ins
Freie gelangen.

Fenster und Türen sind
Auf immer vernagelt und
Gänzlich verschlossen. Niemand
Kann sagen was für eine
Jahreszeit herrscht.

Und wie mein Herz jagt! Klopft es
Aus Angst oder Sehnsucht? Ich weiß
Nur daß ich auf etwas warte ent-
Weder auf dich oder den Tod.

Ach wie unglücklich wir
Alle sind und rauchen
Schweres betäubendes Zeug.

Später

Die Kerzen flackern im Garten
Während die Gäste sich
Langsam entfernen. Ich gehe
Als Bauer verkleidet hinter den
Hecken. Eine Vorbereitung auf
Etwas das niemals geschieht.

Langer Winter

Kam wie der
Bethlehemstern.
Wir heizten mit
Telegraphenmasten. O
Schauder die fletschenden
Kürbisse alle.

Preußische Akten
Riefen mein Ein-
Kommen ab für
Kopien.

Dennoch ging alles
Wie auf einer
Chamäleon-Hochzeit
Großartig zu.

Die andere Welt

Ich bin der Ochse der sieben Kämpfe
Im verkommenen Staat meiner Heimat.
Ein Eber war ich an Tapferkeit bin
Das Murmeln sanfter Flüsse und frei.

Flüchtig

Ich ging vor mir
Auf und davon sprach
Auf mich ein: ver-
Giß! Und mache dich
Hart. So kannst du

Von Erde berichten. Den
Schwerbeschreiblichen
Bäumen Anfang des
Sommers.

Zwischen Heu und Gras

Zuerst muß man
Wollen der Rest ist
Technik zwischen Heu und
Gras fuhr ich im Linienbus
Der Wind heulte daß die
Ohren ertaubten ich wanderte
Über Moore durch schwimmige
Wiesen Schneeanemonen
Krochen mir in den Pelz
Braunschwarz das Ödland wien
Isländischer Abendkaffee
Runde Seen dazwischen
Erste schüchterne hungrige
Schafe und wie im Traum der
Leibhafte Gletscher.

Was ich in Norwegen lernte

Alle Katzen haben
Ein dichtes Angorafell
Pferde ein
Zottiges Pferdefell noch die
Menschen
Sind mächtig behaart je weiter
Man nach Norden gerät desto
Aufregender wachsen die
Pelze. In Tromsø
Dinierte ich mit einem
Bären und konnte
Kleiderlos gehn.

Alversund

Kegelberge mit Hüten und
Mützen. Im See da unten
Wohnet der Drach.

Auf dem Eis geht ein Alter
Barfuß in Holzschuhn indessen
Sieben Paar Handschuh – o wie es

Mich an den Fäusten friert so
Ruft er im Donner der
Kleinen Lawinen.

Ungewisses Licht

Das Schiff und das Meer
Sind mörderisch groß sieben
Stockwerke rauf sieben
Runter und große und kleine
Zimmer in denen
Verschiedenartige
Gläser herumstehn.

Die ertrinkende Sonne
Wird an die Decke
Geworfen die abgeschiedenen
Wesen im Tanzsalon
Sind entzückt wenn das
Muschelhorn ihre
Herzspitzen rötet.

Der Fjord teilt sich in
Nebenfjorde da tauchen
Die ersten Zacken der
Spitzen Tannen auf vor den
Unersättlichen Toten
Unterwegs zu den
Berühmten Lofoten.

Bergensbanen

Es ist wahr daß unterm
Hardangerjøkul
Trolle mit Spiegeln
Mir die blauen Augen
Ausbrennen wollen.

Wenn ich sie schließe
Oder Tunnel und Schnee-
Galerien Aufschub gewähren
Hinter mir Schlangengezischel.

Alte Hexen speien in fremder
Zunge von Bergen bis Oslo
Verwünschungen aus.

Veränderung

Vor Norwegens Winter zieh ich den
Hut, den eisbepackten den nackten Gipfeln.
Gepudert die grünen Haare der Tannen.
Vom Frost das Wasser in Ketten geschlagen.
Viel helle geisterhafte Gestade. Ich kann
Solange ich hier bin nicht sagen
Daß ich den Sommer erwarte.

Am Walfjord

Die Schafe am Walfjord sahen
Wie meine Moorschafe aus
Überlebenskünstlerinnen und Künstler
Und als der Eiswind die Vliese kämmte
Die Tiere über die Klippen des
Felsjochs sprangen bis an den
Flutsaum geschah es daß ich ihre
Sprache verstand: Der Sommer ist
Kurz der Sommer ist
Schön wenn wir im Schafspelz
Spazierengehn. Darnach
Heulten sie daß mir das
Herze rotierte. Hast du was
Neues gehört? fragte ich meinen
Ausgeblichenen Übersetzer der jedenfalls
Nichts von meiner verborgenen
Bösartigkeit ahnte er warn
Hübscher einäugiger König tippte
Auf seinen Taschencomputer sagte:
Noch einen Winter dann gibt es
Bier für Islands furchtlose
Söhne! Ähnliches sprachen die
Bauern als sie die
Schafe und Schäfchen im Lenz
Ausschwärmen ließen. Die letzten
Kehren niemals zurück sondern werden
Von Trollen als lebende Öfen in
Unterirdische Kammern gestellt.

Kapitulation II

Schottischen Whisky auf Snorri Sturluson diese
Weißen Magnetgebirge flackernden
Lichtbüschel Obsidiane Qualmvulkane und
Fauchenden Wasser in meinem Kopf
Epidemischer Unsinn Sturmtauchergeschrei
Ich wollte die Stewardessen umarmen das waren
Asinnen mit goldenen Knöpfen gepolsterten
Schultern die wegen der Landung mit Odin
Telefonierten: Laßt sie kommen! verstand ich
Sprang auf das begehrte Land vor Freude ein
Geysir in der polternden Brust da ließ ich meine
Geknechtete Seele für immer frei zwischen
Fuchsroten Flechten und Moosen dies
Schluchzende Ding und nirgends ein Haus und
Was man sieht wie unterm Glassturz ich war
Vom Himmel gefallen und sagte zu meinem
Erstaunten Kind jetzt müssen wir
In T. alles verkaufen und bleiben gleich
Hier.

Gletschermilch

Ich habe wohl
Elmsfeuer in meinen
Augen beim Betrachten der
Wetterwolken über dem
Snæfellsjökull
Fiel das Brillenglas
Mir vor die
Füße die Pferde
Standen bis zu den
Schultern im Schnee.

Stimmen

Nun stehe ich auf und gehe ich gehe
Bis Gardskagi hin um Mitternacht
Ist es dort hell und ich höre
Das Meer an die Küste schlagen.
Wer seid ihr brüchige Stimmen was geht ihr
Als Hirsche verkleidet umher wer oder was
Seid ihr ihr kennt keinen Tod.

Dunkle Stadt

Im Hotel Borg kriegt man
Auch nichts geschenkt immerhin war es
Gestattet die berühmten Bilder be-
Trachten schwarze Mützen mit
Roten Quasten Daguerreotypien
Reiselustiger Dichter unterwegs ins
Reich der Minerale und durch die Türen
Ruft das bittere Meer Gänse
Überfliegen die Stadt wenn
Aurora Borealis geheimnisvoll
Aufzuckt das Nordlicht.

Gryllteiste

Der Leuchtturm von Þridrangar
Bedeutet bei Ebbe ebensowenig
Für eine Gryllteiste als
Haushohe Flut. Der schwarze der
Glänzende Schlick son sehr
Unschuldges Schneckenhäuschen und
Walfischläuse der Rochen
Sperma sic transit vor meinem
Wasserstiefel und dunkelgelbe
Benutzbare Schwämme.

Auf einer Klippe

Das Meer brüllte im
Wind und übertraf ihn.
Ich ging
In seinem und seinem
Schreien und Wehen
Auf Lavastufen. Der
Wind ist alt er
Lachte als er mich
Sah. Übergab mir der
Meergänse Schrei.

Malmöer Segen

In Malmö singen die Nachti-
Gallen die Seele sich aussem
Leib und die baltischen Dichter
Sind völlig besoffen vom
Freiheitsgefühl der Möglichkeit
Endlich zu reisen Eu Gott

Gib ihnen den Lohn für ihr halbes
Vergeudetes Leben eintausend
Baltische Elegien und diesz
Schöne türkisgrüne Meer
Das auch mir schon über die
Stiefelchen sprang soll sie

Gefeit machen gegen Verrat und
Samtige Sprüche.

Zerrissenheit

Ich sah in Lohme
Eine weiße Katze mit
Blauen Augen in Liselund
Eine rote grünäugige
Katze und konnte mich
Lange lange gar nicht
Entscheiden welche ich
Vorzog.

Naantali

Da herrschte ein altmodischer
Sommer die weißgestrichenen Häuser
Schwitzten Harz in der Sonne
Bootsstege grauer als Menschen
Es verabschiedeten sich die drei
Schwestern der Kater vom Pfosten des
Tores sah ihnen nach in die Zukunft.

Plötzlich hatten die Bäume wildere
Farben es strebten die herzschönen
Blätter sämtlich zu Wasser und Schwäne
Sammelten sich in den Buchten.
Auf der Veranda erschienen
Unerwartete Pilze und Beeren während
Tagpfauenaugen sich sonnten.

Møn

Träumte daß der Jäger unseren Freund
Ausgestopft hat. Größer! Größer!
Verlangte jener, geriet durch die
Balken und wurde ein Windrad.

Mariehamn

An der Flanke aus Granit liegen die
Alten Schiffe Steven an Steven eine
Zaubrische Abstellkammer im Freien
Etwas das nur noch im Nachmittags-
Programm des Sommers vorkommt.

Fürderhin

Die taubengraue die
Baltische See trägt das
Zitternde Schiff.
Ich betrachte die
Schären geringe verläßliche

Welten begründet auf
Roten Granit und Birken
Winken mit heftigen Zweigen.
Der Wind spricht
Finnisch mit mir.

Nothelfer im Gebirge

Mein weißer Bruder sollte zu unserer Rettung
Schiffen aufm Emigrant-Pass die Berge
Rissen sich das Herz aus dem Leib die Sonne
Machte einen Flammenabschied als wär es für
Immer. Und als unser gemieteter pinkfarbener
Vollklimatisierter Ford-Mustang nun stillstand
Quoll Nebel ein verkochter Yellowstone-Fluß
Unhaltbar vor aus dem Kühler wir fluchten
Doch wie vor zweihundert Jahren
Lag ein wassergefülltes Faß in den Felsen
Es fehlten nur noch Schraubenschlüssel und Zangen
Die Sonne sank pausenlos blaue Schatten
Flügelschläge flatternder Geister aus
Fremden Jagdgefilden wehten uns an
Ich pflanzte tatsächlich ne Eichel Megwomet
Den Spender des Lichtes der Pflanzen
Milder zu stimmen so nahte nach langer Zeit
Ein ausladend schaukelndes Reisehaus
Mit einer Nummer aus Texas drei Generationen
Hilfreicher Hände und Werkzeug in Hülle und
Fülle wir tranken zusammen gut eine Stunde
Flaschen aus die wir für Kühlwasser brauchten
Das Abendrot war verblaßt es kreisten die Geier
Bis unser Auto sich wieder bewegte.
Wir winkten heftig die weiße Wolke
Verschwand in höllischer Finsternis sie hatten
Unseren Weg vor sich wir ihren.

Mumbles-Bay

Weil und obgleich es ne sehr finstere
Nacht ist – sternlos und bibelschwarz wie es
Heißt – sehe ich mich am Rand der Keltischen
See und mein grauäugiger Gastgeber sagt
Daß unsere Vorgänger (deutschsprachiger
Vortragsreisender dienstältester Germanistik-
Professor) ihrerzeit hier im klapprigen
AUSTIN sitzenblieben bei Nebel und
Wahnsinnsregen den weißen Mittelstreifen
Nicht zu verlieren. So hatte wohl jeder
Sein eigenes Meer oder der Schweizer keins.

Ich jedenfalls konnte das Wasser den STERN
VON WALES im Scheinwerferkegel auslaufender
Kutter mühlos erkennen und ein paar kleine
Schlafertrunkene Boote. Das ging mir
Durch Augen Nüstern und Ohren strikt in den
Kopf während mein bester mir zugeteilter
Professor wider den katastrophalen Orkan
Die Tür eines Pubs aufreißt das mit seinen
Samtmöbelchen Schwertfischen gezogenen
Biergängen klingelnden Flaschen wie der
Garten Eden erscheint. War nur der Anfang –

Bis ich am anderen Abend abreisen mußte
Studierte ich siebzehn verschiedene Pubs.
Immer wie im PILOTEN für den Professor
A quarter vom außerirdischen Bier a pint
Für die vortragsreisende Lady. Der Sturm

Riß Trichter und Treppen eisige Schneisen
Tief in das Meer als wir KING ARTHUR verließen.
Der Seele Kernhaus klappert im Wind. Uns wunderte
Nichts nicht daß hier Schafe
An der Bushaltestelle aufgereiht stehn und ihr
Kleingeld suchen.

Stechginster

Es begannen die lammweißen Tage.
Bauernhöfe Grün bis unter die Tür
Überflogen von neuentstandenen Wolken
Fingen wieder zu tönen an. Aus den
Dornen stürzten Wellenläufer und Möwen
Über die Klippen bei Ebbe und Flut.

In änglischen Schuhen worinnen
Moorwasser schwappt lief ich
Mit einer Meute kläffender Hunde
Hin auf den breiten schimmernden Sand.
Oder die Augen hüteten Lämmer
Reisten auf der Reling vorüber-

Gleitender Schiffe. Dunkelgelb
Die Lichter am Strand und in den
Bergen von Swansea. Das donnernde Meer
Das Traben wilder Pferde im Traum
Als die Käuze jagten und Sterne Ginsterblüten
Mir in den Spiegel trugen.

Brief

Es ist sehr schön jetzt wenn es
Dunkel wird. Ich schlafe mit den
Füßen zum Meer im Rücken die
Berge. Geradeaus liegt Amerika.
Am Marktplatz gibt es noch Lücken
Von unseren Bomben in Swansea.

Emmanuel College

Raben mit großen Brocken im
Schnabel fliegen über das grün
Grüne Gras die Narzissen am Teich.
Haben sie einen Studenten erledigt
Einen Master of Arts aufgeteilt
Überleg ich während mein furchtbarer
Toast hereingerollt wird.

Two Magpies

Den ganzen Morgen mit Wendy
Durchs schöne Suffolk. Zerstreut
Auf breiten Weiden gehet die Herde
Es reitet der Falke auf der festen
Rollenden Luft. Wir stotterten
Unser vergangenes Leben zusammen
Während wir Devils Dyke durch-
Streiften den Fuchs riechen konnten.

Highland

Ich sehe mich selbst am Ufer
Loch Lomonds: die lenzhaften
Wasserfälle bestürzen und
Blasen ihre Trompeten vom
Abhang. Mein schwermütiges
Sumpfherz vergißt sein Quäken.

Nördlicher Juni

Die Nächte haben ihre
Eigenschaften verloren:
Weiße Stufen die
Horizonte mit
Rostroten Tüchern.

Wer hier hinaufspringt
Kann glücklich werden.
Dreimal rufe ich dich aber
Du bist nicht
Auf Erden.

Wolken

Sie verschütten den
Abendstern über dem Felsen.

Im Gebirge pflückten wir rote
Blumen auf stürzenden Pfaden
Ich sah sein übermütiges

Herz wir lachten am Abhang.

Jetzt wo der Planete vergeht
Darf ich Abendstern sagen.

Traum

Kam an der gotischen Insel vorüber
Die Stadtmauer war mit Rosen bespannt zärtlich
Erblühten Elke blickte hindurch sagte Konrad
Will Berufssoldat werden! Wie ist das
Möglich. Ob er der Wechselbalg ist? In solch
Einem Fall genügt es den Molotow-Cocktail
Kräftig zu schütteln bevor man das Feuerzeug
Dreht ist das Wesen verschwunden im
Korridor steht das richtige etwas größere
Kind und geht zum Zivildienst Vögel beringen.

Watt I

Salzränder am Schuhwerk ich lief
Unterm Leuchtfeuer hin der Flutsaum
Setzt sich aus Meergras Möwenflügeln
Plastikgerümpel grämlich zusammen
Muschelgeld uralt dazwischen
Gestreut etliche Sterne.
Die Priele glitzern wien tiefes
Gedächtnis die schmale Sichel
Sich verpissenden Mondes ging
Im zerfledderten Himmel ich konnte
Die Füße nicht lösen und schlich
Als hätte mich Caspar Davids
Schlechterer Vetter
Mit Pech auf den Strand gemalt.
Von den Halligen tönte
Gänsegeschrei.

Watt II

Als mich das Schicksal wieder mit
Elke verknüpft hat sagt sie
Das Abendrot sei nicht purpur
Rot wie sie geglaubt hat indes
Gelbseidensanft. Lediglich das
Schlickwatt nahm sich wie ne
Veilchenwiese aus oder in Husum
Die Schloßkrokusse eine Beleuchtung
Wie Doomsday winters um
Vier vor es Pelznickel schneit.

Watt III

Ich Erlkönigs Tochter hab eine
Ernsthafte Verabredung mit zwei
Apokalyptischen Reitern im Watt ein
Techtelmechtel auf unsicherem Boden
Jetzt ehe der Morgen sich rötet.
Drehender Nebelqualm bemerkenswert
Eiliger Schneefall stellen ne schöne
Verbindlichkeit her das legt sich
Auf Möwenkadaver Colabüchsen der
Abgeblaßte Mond auf der Hurtigroute
Zwischen kopulierenden Wolken bezeugt er
Dem Albatros höchste Bewunderung wie der
Von Süden herüberkömmt während Jupiter
Über dem Kuhstall später der Bohrinsel glänzt.
Happy Neujahr! rufen die Seenotraketen
Und der Jung aus Büsum wird niemals
Gefunden es fallen die Krähen
Schwarze Äpfel vom einzigen Baum.

Erdenliebe

Selbst der Bucklige bei einem Anfall
Ist schön in einer Gegend wie dieser
Solch grüner Luft die zärtlich zur
Erde sinkt große Vögel stehen in Bäumen
Höher als Wolken wenn Fuhrleute die Nacht
Bis in den Morgen Miststreuer lenken
Ihre starken zweischläfrigen Phantasien
In meine Träume sickern schwache Erinnerung
An fünfzehn vergessene Männer und lediglich
Die entsprechenden Landschaften sind im
Gedächtnis eigentlich liegt hier
Jeder schlaflos herum wie es in
Dermaßen erleuchteten Nächten nicht ver-
Wunderlich ist wunderlich ist nur mein
Leben und hätte es nicht die Mistwagen-
Lenker gegeben die sich nun
Stoppelbärtig und mit eingeschlagenen
Ärmeln entgegenkommen den einzigen Weg
Zwischen den Mooren versperren es wäre
Möglich gewesen dem eigenen Tödchen itzt zu
Begegnen das sich auswachsen wird in diesem
Ergiebigen Landstrich wo es normalerweise
Wesen gibt deren kalte Pupillen
Eine Forke in Notwehr erhoben zum
Sinken bringen wien Stück weiter
Der Meerwind die Segelyachten der Städter.

Edelstein wird er genannt

Der Eisvogel verließ zum ersten
Mal das Nest flatterte in die
Zweige während hinter dem
Mühlstein die alte
Gewiefte Katze lauert. Vergeudung
Schöner Farben gerade erlernter
Anmut.

Geschöpfe

Es ist Nacht. Kilometerweit in der Ebene
Ein einzelnes Licht. Ich stelle mir
Menschen vor die es angeknipst haben
Eine vollzählige kurzweilige Großfamilie
Und verschiedene Beweggründe dazu Liebe
Eifersucht Wahnsinn und Tod. Es könnte
Auch eine Tiergeburt sein sehr
Wahrscheinlich in solcher Gegend zu
Dieser Zeit. Alles erwägend die Möglichkeiten
Durchgehend und ist es ein Kalb ist es ein
Schwein welchen Geschlechts oder ein
Mischling – die großzügig ausgestatteten
Bewohner des Hauses des Stalles die
Besitzer des Lichts bleiben Gegenstand
Meiner Sorge bis ihre Lampe wieder
Erlischt. Dann sind sie mir alle
Gestorben.

Königlich

Lief wie ein Mann auf der
Flucht mich näher zu bringen.

Der Himmel voll Wolken-
Kratzer. Mein Freund mit den

Schlangenlocken. Bat er mich
In die dampfende Küche? War

Auf der Suche nach Arbeit.
Tiefer Schnee. Schönheit.

Ein Huhn sang im Traum.
Neuer Tag trieb uns davon.

Sonntag

Der Himmel wolkenbefahren an wenigen
Sonneninseln bleibe ich hängen ich höre
Den ganzen Tag Eric Clapton von meinen
Untertänigen Recordern so ist mir tröstlich
Trostlos zumute auf diesem verblichenen
Planeten ich könnte glatt einen gefüllten
Trommelsalutschußrevolver vergeuden an mir.

Wach

Die Bruchweide jammert im Wind.
Der volle Mond hat sich
Auf meinen Mühlstein gesetzt.
Unter der Milchstraße jagt der
Schatten des Schwans.

Ich male mir Wiedersehen aus.
So ist die Nacht schlaflos.
Während ich mir den
Buckel vollüge entdeckt das
Lachen der Elster den Tag.

Engel

Bevor ich meine
Eigenen Unwahrheiten
In Stein haue oder
In die gefrorene
Erde säe:

Dein Haus steht am
Weltrand ich gehe
Durch seinen leeren Garten.
Das Fenster brennt rot
Ich bin totenblaß wie
Gefallener Schnee.

Ziel des Wegs

Jetzt bedeckt uns von Blättern
Der Birke ein Meer viel Laub.
Wir warten auf eine Erscheinung.
Wir sammeln uns unter der
Beschwörenden Eiche starren
In die untergehende Sonne. Sanft
Erscheint uns Tod unser Herr.

Seither

Blieb nichts als
Schöne Augen zu
Machen hier geht es
Vorsätzlich Zahn um

Seggen das weiße
Schnabelried. Öfter ein
Schwelbrand. Und mein
Geschrei ein Diebstahl.

Keltisch

Ich sehe eine Erde die mir
Gar nicht gefällt Sommer
Vogellos Kühe
Milchlos Männer
Mutlos werde mich
Lieber! empfehlen

Der Chronist

Es quellen aus der Feder zartgeschnäbelt
So schwarze Tintenzüge dunkel erglänzend.

Ein Strom von Wiederholungen. Und Grauen
Entspringt der zitternden Hand. Sie wandert

Bei Tag und bei Nacht elend übers Papier.
Zu preisen gibt es heut nicht mehr viel.

Und deshalb ist des Schreibens müde die Hand.

Spott

Der Wind schlägt mir
Die Tür an den
Kopf: so
Empfiehlt sich der
Sommer.

Gelb

Das närrische Gelb dieser Wasserrosen
Der dunkle der einverständige Fluß.
Sein Jammerlied singt mir der Herbst
Die halbe Nacht im Kamin.

Leicht

Gab nichts das mich
Aufhalten konnte kein Festland
Hat mich lange beschäftigt. Immer
Sprang ich auf das letzte
Fahrende Schiff im September.

Ferne

Niemals wird auf den
Armen Gefilden Herrlichkeit
Liegen wie in der Kindheit als noch die
Fichten grün und licht lebten.
Schwarzes
Wissen beugt mir den Hals.

Kalt

Aus teerschwarzem Meer steigt der
Mond auf. Solltest nun
Unter ein Dach gelangen verehrtes
Herz. Sonst greint die Sehnsucht
Ihren verlorenen Traum von der
Schönheit der Welt die so
Verkommen darnieder
Liegt. Blatt geht weil Frost
Andere Zeit macht.

Narrenlied

Woher hab ichs gewußt?
Von einem Stein auf der
Brust. Hab ihn in den
Himmel gehoben.

Freie Verse

Gestern Nacht erwachte ich wußte
Daß ich mich nun von diesen Versen
Verabschieden sollte. So geht es immer
Nach einigen Jahren. Sie müssen hinaus
In die Welt. Es ist nicht möglich sie
Ewig! hier unter dem Dach zu behalten.
Arme Dinger. Sie müssen hin in die Stadt.
Wenige werden später zurückkommen dürfen.
Jedoch die meisten treiben sich draußen herum.
Wer weiß was aus ihnen noch wird. Eh sie
Zur Ruhe gelangen.

Inhaltsverzeichnis

Die Deutsche Bibliothek – CIP-Einheitsaufnahme

Kirsch, Sarah:
Erlkönigs Tochter: Gedichte/Sarah Kirsch.
3. Auflage –
Stuttgart: Deutsche Verlags-Anstalt, 1993
ISBN 3-421-06545-4

3. Auflage 1993

Umschlagentwurf und Typographie:
Brigitte und Hans Peter Willberg, Eppstein
Umschlagfoto: Peter Peitsch
Gesetzt aus der Walbaum-Antiqua
Satz und Druck: Offizin Chr. Scheufele, Stuttgart
Bindearbeit: Kunst- und Verlagsbuchbinderei, Leipzig
Printed in Germany